春水暖芳华

史水汉 著

北方文艺出版社

图书在版编目（CIP）数据

春水暖芳华 / 史水汉著 . -- 哈尔滨 ： 北方文艺出
版社， 2019.9
ISBN 978-7-5317-4600-3

Ⅰ．①春… Ⅱ．①史… Ⅲ．①回忆录－中国－当代
Ⅳ．① I251

中国版本图书馆 CIP 数据核字 (2019) 第 135840 号

春 水 暖 芳 华
Chunshui Nuan Fanghua

作　者 / 史水汉
责任编辑 / 路　嵩　　　　　　　装帧设计 / 树上微出版

出版发行 / 北方文艺出版社　　　　邮　编 / 150080
发行电话 / (0451) 85951921 85951915　　经　销 / 新华书店
地　址 / 哈尔滨市南岗区林兴街 3 号　　网　址 / www.bfwy.com

印　刷 / 武汉市金港彩印有限公司　　开　本 / 880×1230　1/32
字　数 / 105 千　　　　　　　　　　印　张 / 5
版　次 / 2019 年 9 月第 1 版　　　　印　次 / 2019 年 9 月第 1 次印刷

书　号 / ISBN 978-7-5317-4600-3　　定　价 / 58.00 元

个人简介：

　　史水汉，笔名过客，广东揭阳人。自幼酷爱中国古典文学，熟读诸子百家，唐诗宋词，尤爱易安词和唐后主词。初中时期开始广读世界文学名著，也开始尝试文学创作，写过散文、小说，古体诗词，现代诗等不同作品。

　　在学生时期，做过文学社总编辑，在校刊发表过散文《朝圣之路》，短篇小说《弯弯石子路》，诗歌《相思赋》等文章。毕业后下海从商，依然热爱诗词创作，将工作和生活中的感悟寓于诗词，为人生增添一丝诗情画韵。

目录 ◇

壹——诗

贰——词

序一

　　今天拿到水汉先生的诗集，阅后甚感欣慰。在当今这个快节奏的社会，作为一个商界达人，在为事业打拼之时还保留着对中国古体诗词的浓厚兴趣，并创作出这样多的优秀作品，实属不易。诗作文笔流畅细腻，对风光山色和人物情感的刻画灵动深刻，循古风而出新意，不乏可圈可点的美妙之句。对作者所取得的可喜成就，我谨表示由衷的祝贺！中国的传统文化源远流长，古体诗词也是瑰宝之一，随着物质生活的不断丰富和发展，优秀的精神文明更应该得到传承和弘扬。文载道，诗言志。歌今日，诵未来。

　　希望有更多的人能像水汉先生一样，以不同方式为中华文化的发扬光大作出自己的贡献。

关呈远

二〇一九年四月二十一日

　　关呈远：资深外交官，曾任中国驻比利时大使、中国驻欧盟使团团长；曾任第十一届全国政协委员。现任外交部政策咨询委员会委员、中国人民外交学会理事、华夏文化交流协会理事、外交学院兼职教授。

序二

　　初夏碧草伏花墙，芳华长捻诗书香。作为一名优秀的企业家，水汉也是我的好朋友，我很欣慰水汉始终热衷于文学，在这节奏越来越快的时代和繁忙的工作生活中留一片诗意的净土。这部诗集内容丰盈，情感饱满，既有梦里追花的潇洒，也有举杯长饮的豪迈；时有西风送影的慨叹，亦不乏登天揽月的情怀，让人诵读中时有所感。书中颇多上佳之作，读来令人回味。在此表示祝贺。

　　衷心祝愿水汉在商业和文化领域取得新的成就，也期待更多优秀文学作品能够在新时期以新姿态登上殿堂，迈向世界。

张国斌

二〇一九年四月二十三日

　　张国斌：资深外交官，曾任中国驻法国海外省圣但尼总领事馆首任总领事，中国驻法国斯特拉斯堡总领事馆总领事。现任中国人权研究会常务理事，金砖国家智库合作中方理事会理事，西南政法大学兼职教授，清华大学、北京大学、安徽大学等多所大学客座教授。

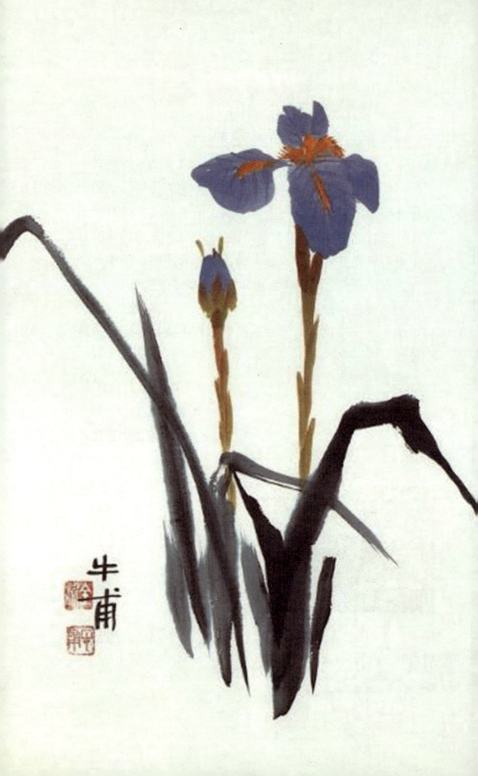

前言

　　我们总想：捧一缕茶香，染了一片秋色，诱人的茗汤，在嘴里，吐出一段芳华。清风拂面的季节，你衣袂飘飘抚琴似梦，我青衣黄卷挥墨如风，远离尘世，在桃花流水处，把日子过成诗。

　　但，时代跌宕，社会衍繁，当安静的港湾开始喧嚣四起时；当我们放下手中的书本，开始碎片化的信息流获取时；当生活的压力让我们脚步匆匆，忽略身边美好风景时，我们内心的灵魂，又该何处安放？

　　也许诗歌会是我们心灵的一片净土，当我们倦了、累了的时候，翻开一本诗集，领略优美的韵律，品读诗人的心境，就会忘却一切纷繁杂乱，在自己小小的世界里，自由得像一只轻巧的小鸟，在葱翠的森林里，四处翱翔，不知疲倦，不知烦恼。

　　翻开诗歌的篇章，犹如翻开人生的故事，希望每一位读诗的人都能有诗歌一样美好的人生。

史水汉

二〇一九年三月二十日

春水暖芳华◇

壹 ◉ 诗

欧陽子秋聲賦意

光緒乙酉二月 任伯年

任頤（清末）／伯年／秋声赋意

记北戴河　◇

北戴河边风冷瑟，
南洋岸上水生烟。
平川万里江山梦，
指点方遒笑语间。

观日出　◇

日从东边出，
人自北方来。
欲达千里远，
足始万阶苔。

初到 ◇

去年今日物相同，
音貌迎春乐如童。
经年往事应犹在，
多少相思夜梦中。

母亲 ◇

又见青山环绿水，
牛羊四处映斜阳。
桌前菜暖温春夜，
一世操劳为五郎。

任颐（清末）／伯年／桐荫仕女

任颐（清末）／伯年／承天夜游图

佛说　◇

看破红尘寻梦去，
苦行道上遇真知。
凡人恼事天天有，
既是贪嗔又是痴。

和友人·春　◇

几处钟鼓绕山鸣，
佳人驻足侧耳听。
疑是芳菲皆落尽，
不负桃花不负卿。

端午　◇

屈子投江千古事，
永世流传《离骚》情。
悠悠乡路无数载，
难忘家翁最叮咛。

青灯　◇

青灯明一夜，
红烛染珠帘。
拂袖夕阳尽，
临窗影只单。

茂陵风雨病相如
光绪乙酉正月秋候风
寄季羲山诗意
山阴任伯年颐年画

任颐（清末）／伯年／茂陵秋雨

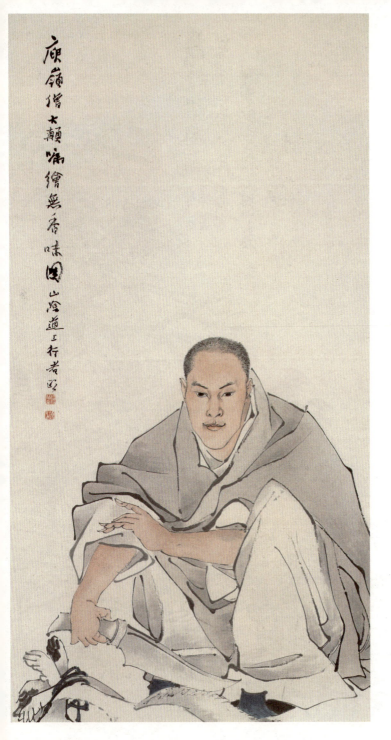

庾嶺僧大顛嘯繪無香味圖
山陰道上行者醉

任颐（清末）／伯年／无香味图

临望　◇

山高水作画，
岩翘木为屏。
扶琴日月远，
回首又秋临。

旅途　◇

烟雨迷蒙江南路，
谁付冰心在玉壶？
折柳何须灞桥上，
扁舟一叶在姑苏。

长夜 ◇

欲饮杯空月自明，
夜来翻阅古人经。
神农一生尝百草，
扁鹊神通徒伤心。
百岁终须归故里，
狐亡首丘是常情。
生死聚离非人愿，
笑看红尘雨和晴。

任颐（清末）/ 伯年 / 荷塘消夏

光緒祭未八月奉□□陵偉伯先
生□□□海上□任頤

任颐（清末）／伯年／苏武牧羊

归　◇

一坏黄土惹思愁，
三千弱水永不休。
归去来兮南山暮，
天道轮回不可求。
我欲登天揽明月，
梦入星河已深秋。
谈笑追风年少事，
光阴此去留不留？

静思　◇

万丈红尘千古事，
一生伟业四海归。
乘风破浪从头越，
西北东南任风吹。

禅话　◇

万法归宗始向善，
千年传颂人世间。
佛吐金光水灵动，
无边无尽将禅参。

◉ 任颐（清末）／伯年／流水清音

任颐（清末）／伯年／五瑞图

中秋节后 ◇

明月清风一厢情，
桥头马上两无猜。
依天远望无穷路，
轻剪红烛入梦来。
嫦娥奔月谁可恨？
如来苦渡莲花开。
我欲乘风揽四海，
男儿有志便是才。

红颜 ◇

独立斜阳外，雁字漫山头。
疾风青草劲，弱水汉江流。
遥寄三更梦，静候九度秋。
红颜终迟暮，白骨恨不休。

楼台 ◇

楼台烟雨醉，故国草木深。
征伐兵家事，功名黄土坑。
华清无穷恨，回眸百媚生。
古今多少梦，孑然一庐僧。

　　◉ 任颐（清末）／伯年／临周少谷花卉

◉ 任颐（清末）／伯年／花卉图册

相思夜　◇

月没人初静，相思梦外来。
寒枝栖旧爪，破瓦惹新苔。
望断归鸿际，观梅落又开。
珠帘明夜幕，俯首泪红腮。

秋游清华　◇

脚踏秋风韵，书描绿草心。
荷塘生月色，往事耐人寻。

秋日闲思　◇

半日浮生秋送爽，晴空碧树入荷塘。
流觞曲水通天乐，李广冯唐自古伤。
世事明清皆苦恼，陈仓暗渡是谋郎？
扁舟一叶随风去，唱罢红尘暖与凉。

秋意浓　◇

月满西楼栏抚遍，鱼传尺素夜偷寒。
香猊被暖鸳鸯梦，数尽昙花又一年。

天子萬年光緒乙酉三月□滬任頤

● 任颐（清末）/ 伯年 / 花卉图册

洗脱刻画之迹
摅诹神明庶几
不藉峙筵游于
象外
南田抱瓮客
寿平

恽南田（清末）／云溪外史／瓯香馆写生册卷丹

夜思商海　◇

风云商海涌，日月唤英郎。
千秋出大业，遍地是儒商。

无题　◇

碧海千帆尽，蓝天万里晴。
临风弹岁月，把酒敬唐秦。
踏遍天涯路，无关利或名。
琴音轻抚起，伴汝一生听。

感恩节　◇

凉风拂四海，细雨润神州。
几世恩泽报，清泉滚滚流。

夜侃　◇

凡人俗事多，晨曦到银河。
此诗非五律，不必照规则。
男人爱女人，恐龙觅婆娑。
凡夫心情好，立地就成佛。

◉ 任颐（清末）/ 伯年 / 花鸟

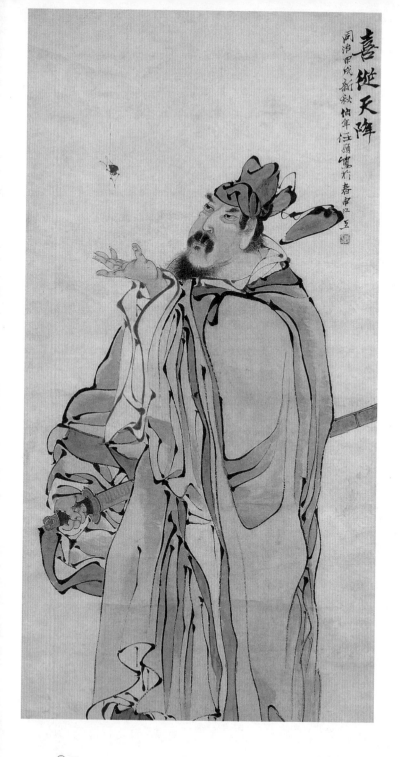

喜從天降

同治甲戌新秋伯年任頤寫於春申江上

● 任頤（清末）／伯年／喜从天降

念家父　◇

年月匆匆几十载，
酸甜苦辣各自知。
临行不言非无语，
怒骂婆心是爱痴。
阴阳相隔无数里，
夜静常来梦里思。
相惜眼前人事物，
莫待灰烬怨恨迟。

游子　◇

天寒心意冷，
人醉非酒酣。
谁明游子意，
慈母发际斑。
烛火潜入夜，
心灯为谁燃？
潇潇江水逝，
浩浩人世间。

颂棠仁兄先生属画 写即
光绪辛巳八月郎君 伯年 任颐 三羊开泰

任颐（清末）／伯年／三羊开泰图

光绪癸巳新秋

山陰任伯年筆

任颐（清末）／伯年／梅雀图

随笔　◇

天凉草尤绿，酒香人已眠。
欲知深闺里，晓梦祛妆残。

戏说爱情　◇

心花怒放年少事，海誓山盟谁为真？
斗转星移流水逝，容颜消瘦空泪痕。
情郎自古多佳话，才女轻吟庭院深。
风吹杨柳月映湖，一片冰心痴与嗔？

秋夜　　◇

自古悲秋多墨客，今朝执笔非骚人。
夜色撩人年年有，他乡眸子日日深。
犹记挥泪执君手，归期约定情意真。
几番梦里秋千闹，觉来细雨疑泪痕。

七夕　　◇

七夕鹊桥起烟云，
两岸痴心欲断魂。
年年翘首期今日，
离多聚少殇后人。

任颐（清末）／伯年／册页

◉ 任颐（清末）/伯年／花卉图册

世态　◇

翻云覆雨人心险，
难能可贵朋友情。
嘻嘻哈哈多假意，
苦口婆心几人听？
信誓旦旦千万年，
烟飘云散一瞬间。
阿谀狡诈小人戚，
心胸坦荡君子行。
行侠仗义成往事，
冷眼旁观情义轻。

怀旧　◇

往事成烟情尤在，
睹物思人心菲菲。
他乡美酒空对饮，
一片冰心任风吹。

立秋　◇

秋风未来秋先到，
骚人墨客挥笔梢。
欲寄情怀秋水远，
蓝天白云各逍遥。

● 任颐（清末）／伯年／花卉图册

◉ 任颐（清末）／伯年／花卉图册

追忆　◇

一生挚爱为何求？
执笔追忆南山丘。
东篱黄花白云上，
江水东去永不休。

孤独　◇

苍穹万里一雁飞，
易水千丈不复回。
绿草丛中花独艳，
期待秋风往北吹。

英雄叹 ◇

一汪江水东流逝，
横刀立马最英雄。
踌躇满志荆棘路，
笑看红尘始不同。

空等爱 ◇

江水滔滔东流去，佳人依依盼君归。
娇颜渐退迟年暮，春心真付知为谁？
风吹雨打相思意，锦书空寄劳燕飞。
一生等候天堂去，后人传颂自伤悲。

恽南田（清末）／云溪外史／花鸟册

◉ 吴镇（元代）/ 梅花道人 / 墨竹谱

渡口　◇

细雨迷蒙柳丝绿，
鱼跃平湖泛涟漪。
疑是故友踏歌声，
孤舟一叶上云梯。

雨夜　◇

风卷残叶雨打池，
寒灯隐去夜彷徨。
遥想精卫填海志，
梦里醉射是天狼。

自嘲 ◇

行尸走肉笑都市，
卧薪尝胆南山坡。
疯狂痴癫无人问，
世人笑我未蹉跎。

未央宫 ◇

乌江边上马不前，
项王隐去有未央。
勾心斗角后宫事，
女人心计男人殇。

◉ 王概（清代）／东郭／芥子园画谱

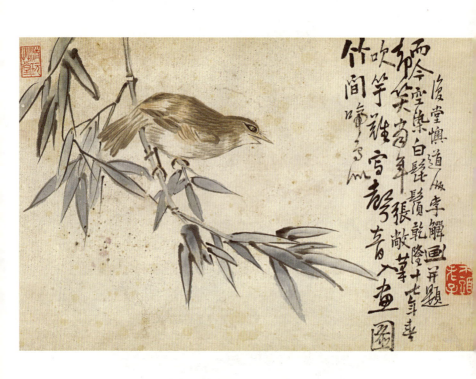

◉ 李角（宋代）/ 定国 / 单花鸟十二开

酒　◇

觥筹交错兄弟谊，
笔走龙蛇笑大唐。
千杯入肠人不醉，
凌云壮志在胸膛。

与君别　◇

长风破浪三千里，
潇洒倜傥两百年。
浅酌杜康豪情迈，
妙语轻弹忆长安！

无题　◇

花落花开一轮回，
春去春来壮士还。
平生追忆愚公愿，
精卫填海非笑谈。

春思　◇

华清池旁几回醉，
冰肌玉露作古灰。
云飞雾绕女儿事，
梦觉春晓泪自垂。

◉ 任颐（清末）/ 伯年 / 花卉图册

◉ 李角（宋代）/ 定国 / 单花鸟十二开

梦　◇

梦落巫山江渚阔，
明月孤舟天线边。
零星波光儿时语，
钟声入耳共枕眠。

雾　◇

薄雾笼花城，
流水润无声。
庄周蝴蝶梦，
起舞戏枯藤。

渡口独乐　◇

青山融日暮，
绿水泛微波。
野渡无人问，
蓑翁独乐呵。

夕阳　◇

落日熔金云作伴，
粼光闪烁玉人殇。
误识几度归舟过，
无限相思欲断肠。

余省（清代）/鲁亭/临鸟谱

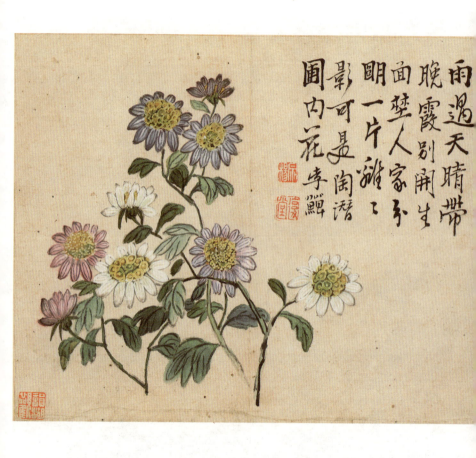

雨過天晴帶
晚霞別開生
面壁人家分
明一片離騷
影可是陶潛
園內花亭鰤

李鱓（清代）/ 懊道人 / 花鸟十开

64

春雨　　◇

江南飘细雨，
少女望长亭。
空做儿时梦，
幽帘一段情。

叹年华　　◇

铅华洗尽青草绿，
江水悠悠东向流。
执手无言相对望，
他乡美酒有何求？

战场　◇

万里沙场起干戈，
乱世英雄奈若何？
逐鹿中原谋与略，
马蹄响起上陡坡。

夜吟　◇

风过竹影娆，
云飘明月升。
相思复遥寄，
静卧听古筝。

◉ 任颐（清末）/伯年/苏武牧羊

桃花红　◇

今日春景旧时同，
桃红树绿笑春风。
佳人倩影何处觅，
浅浅酒窝夜梦中。

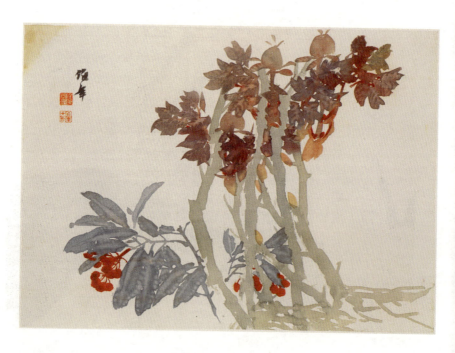

◉ 任颐（清末）/ 伯年 / 花鸟蔬果

自勉　◇

热血沸腾年少事，
凌云壮志在胸膛。
冯唐李广成追忆，
谁敢笑我太痴狂？

自勉 2　◇

胸中存浩气，
言语更坦然。
阔步天下路，
昂首人世间。

草 ◇

野火烧尽根性留，
默无言语待春风。
不惧烈阳与冰冻，
傲然屹立万物中。

情人节 ◇

春日骄阳抚绿树，
浮光掠影耀湖心。
鲜花蜜语红颜笑，
一曲深情胜古今。

半敷欹風開露井一枝千
蕚摘春以
甌香館臨宋人紈扇本
白雲外史壽平

恽南田（清末）／云溪外史／瓯香馆写生册桃花

◉ 任颐（清末）／伯年／竹下弹琴

无题　　◇

春风戏珠帘，
帘动美人醉。
醉里梦郎君，
君期何时归？

母亲　　◇

慈母教诲绕耳边，
孩儿立志须甚远。
大鹏展翅终有日，
衣锦还乡莫张喧。

夜话　◇

清泉石上走，
浣女笑语留。
皎月托旧梦，
佳人欲方逑。

偶遇故友　◇

相逢一笑贯十年，
往事重提茶语间。
平生壮志凌云起，
踏浪沙鸥笑风帆。

◉ 任颐（清末）／伯年／花鸟

李鱓（清代）／懊道人／花卉十二开

饮酒　◇

酒后迷离三生事，
夜阑影动万象生。
不屑李白诗百首，
笔走龙蛇过五更。

元宵　◇

昨日灯笼今日红，
美酒佳肴景不同。
身在异乡为异客，
相思遥寄暮霭中。

晨语　◇

晨风抚嫩草，
雨露伴行人。
不知身是客，
贪欢笑星辰。

闲谈　◇

世事变化一瞬间，
华发丛生不等闲。
春光一日难再有，
不如昂首向明天。

◉ 余省（清代）／鲁亭／临鸟谱

紫房日出
瞳曨衔素
艷風吹膩
蘇閒悅得
狗僥胎報
尨木蘭芍
ᵕ女良未

◉ 王概（清代）／东郭／芥子园画谱

春乐　◇

春花逗雨凉初透，
细柳轻斜笑语甜。
纸伞彳亍莲花步，
鸳鸯戏水羡神仙。

古琴　◇

墙头琴声起，
秉劲似水流。
故人乘风去，
芳草几处求？

夜 ◇

夜阑灯火斑驳动，
断桥残柳月儿垂。
过客笛声云霄外，
江水东去喜与悲。

任颐（清末）／伯年／册页

春意　◇

红楼填往事，
细雨润云烟。
落花谁与葬，
珠帘夜无眠。

春　◇

绿草戏春风，
寒鸦知水暖。
欲把梦托寄，
周公意阑珊。

白狐 ◇

夜风影灵动，
灯火偷着明。
心事难说破，
谁泪对风清？

春夜 ◇

微凉入夜院庭深，
声断归人未叩门。
辗转春宵空寂寞，
朝朝暮暮几人真？

◉　郎世宁（清代）/ 朱塞佩·伽斯底里奥内 / 花鸟浅色

王概（清代）／东郭／芥子园画谱

他乡夜语　　◇

炎炎夏日夜无眠，
淡淡清风不可伤。
不知他乡木林里，
乳雀黄莺共缠绵？

风雨　　◇

雨打数落叶，
水流忆纷飞。
佳人红楼倚，
歌声任风吹。

冬雨　　◇

冬雨沥清晨，
犹现落花深。
窗台无限景，
婆娑梦中人。

无题　　◇

一夜秋风无人晓，
两处闲情话寂寥。
灯火阑珊野舟渡，
古寺钟声静悄悄。

余穉（清代）／南洲／花鸟图

中秋 ◇

秋月上树梢，伊人路迢迢。
相思托云寄，月宫话寂寥。
几度红尘误，长亭雨潇潇。
月圆婵娟共，回头是灞桥。

● 余穉（清代）／南洲／花鸟图

梦伊人　　◇

一夜朦胧梦伊人，
觉来倚窗望溪流。
日日思君不见君，
岁月流沙休不休？

思图　　◇

含羞惹碎步，清眸瞥心度。
最是烂漫时，相思抵不住。
庄生蝴蝶梦，晓月鹊桥途。
欲以身相许，郎君心可属？

春 ◇

春雨春寒春知晓，
一叶一江一扁舟。
倦鸟始知归巢日，
途人难忘秋水眸。

夜色 ◇

夜深寒气重，
街灯伴行人。
浩瀚星空远，
落叶心还真？

余穉（清代）／南洲／花鸟图

春水暖芳华 ◇

贰 ● 词

晓夜迟西池裁云
製一簿唱野香
團輕風新月
披煙上
新羅山人

◉ 华岩（清代）／一作华喦／荷塘翠鸟

花非花·无题　◇

花非花，树非树，
梦里追，潇湘路。
风存昨韵泪痕深，
雨打芳华无觅处。

醉花阴　◇

灯暗夜深冬冷落，江影生残梦。
微倚柳潇潇，欲语还休，人有千千种。

酒酣惹起千秋问，白发孰能等？
明月照昔时，滚滚东流，对镜年华哽。

江城子·回望 ◇

数年风雨似昨宵。誓昭昭，志云霄。

歃血投名，挥剑作长桥。黑发成霜身后事，成梦处，最逍遥。

看声名鹊起今朝。彩旗飘，怎雄枭？

兄弟同心，阡陌万千条。爱苦尽甘来把酒，成就路，不孤寥。

柔丝着露华如
醉修羽临风
翠欲流
新罗山人嵒时年
七十有五

● 华岩（清代）／一作华嵒／柔丝修羽图

● 李角（宋代）/ 定国 / 单花鸟十二开

卜算子·残月　　◇

残月落平洲，细柳垂青冢。
尤见扁舟入海深，岁月催人恐。

初夜梦依稀，旧恨何人懂？
独揽罗裳叹夜阑，冷影西风送。

鹊桥仙·七夕　　◇

柳轻波静，星明云淡，银汉贵期将至。
鹊桥归路草萋萋，不忍顾，飞蛾无翅。

烛灰烟冷，衣宽帘瘦，难忘旧时同醉。
都知天意弄人多，还把梦，天天私寄。

小重山·酒　◇

秋落残桥秋水清。晚霞烧日暮，最多情。
微风送暖月胧明。琴抚尽，隔岸几人听？

长夜舞长缨。青丝成镜梦，恨平生。
欲金戈铁马连城。青梅酒，含泪已无声。

西江月　◇

日落远山云卷，水流东海帆闲。
欲乘飞鹤上青天，惊惹清风一片。

夜冷三更香梦，晨清七里蓝田。
任心事遍野张延，眼底韶光谁厌？

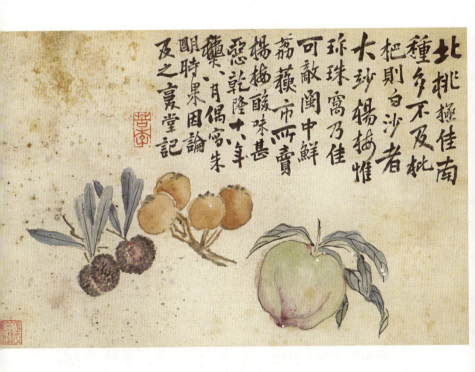

北桃擷佳南
種多不及枇
杷則白沙者
大妙楊梅惟
珠窩乃佳
可敵閩中鮮
荔藏市而賣
楊梅醃味甚
惡乾隆十年
藥丶月偶寄朱
明時果因論
及之豪堂記

◉ 李角（宋代）／定国／单花鸟十二开

相思引　◇

夜雨潇潇夜色凉，破窗眸子断他乡。
故容消瘦，难忘解罗裳。

秋落心头空寂寞，酒干离绪满湘江。
伤别年月，儿女恨情长。

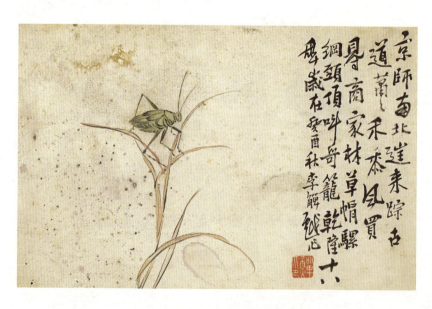

◉ 李角（宋代）/ 定国 / 单花鸟十二开

西江月·酒趣　◇

酒过多巡酥醉，放声歌唱逍遥。
穿肠酒肉满身骚，总引旁人欢笑。

酒醒卧床追忆，孤身辗转无聊。
轻狂年少暮和朝，娱乐光阴恨少。

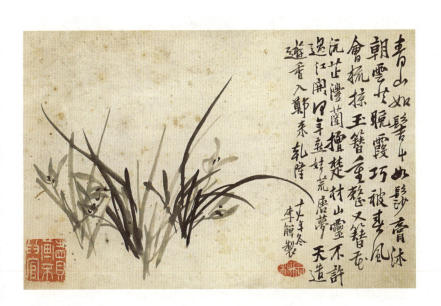

◉ 李角（宋代）/ 定国 / 单花鸟十二开

少年游·独思　　◇

浮云如梦，流年似水，弹指又秋浓。
月夜初凉，远帆不见，举酒醉唐冯。

青山外，旧门新宿，含梦卧隆中。
几度彳亍，古今垂暮，野渡一蓑翁。

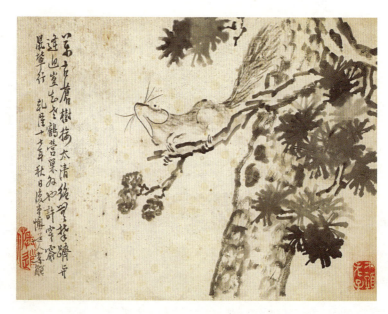

◉ 李角（宋代）/ 定国 / 单花鸟十二开

忆王孙·酒　　◇

西风一夜卷珠帘，
雪落门前梅做簪。
欲罢还休酒太甜。
念他乡，奏乐欢歌戏舞翩

陈洪绶（明代）／一名胥岸／花石草虫图

相见欢·欢 ◇

江枫渔火他乡，夜微凉。
遥望星河孤影对牛郎。

欲相见，最难忘，梦魂牵。
执手暗欢相对竟无言。

长相思·情人节 ◇

路遥遥，水迢迢。
千里相思话寂寥，烛昏细雨飘。

恨春宵，太妖娆。
晓月清风上九霄，忘了是灞桥。

◉　陈洪绶（明代）／一名胥岸／花石草虫图

陈洪绶（明代）/ 一名胥岸 / 花石草虫图

蝶恋花·辜负　◇

凋谢春红无觅处。
踏遍江南，日落生轻雾。
多少春心空与付，静听沙漏红颜暮。

欲寄锦书和尺素，
梦落汀洲，荏苒皆辜负。
芳草萋萋迷旧路，高楼独上花如故。

破阵子·踏浪　　◇

踏浪乘风万里，江山如画千红。
铁马金戈凌壮志，滚滚长江始不同。
花开夜梦中。

把酒临风挥斥，抬头邀月惊鸿。
帷幄运筹携众愿，热血腾腾万世功。
笑谈是醉翁？

◉　陈洪绶（明代）/ 一名胥岸 / 花石草虫图

◉ 陈洪绶（明代）/一名胥岸 / 花石草虫图

醉花阴·酒　　◇

酒过三巡心涌动，欲把光阴弄。
任世事难休，冷暖人情，追忆嫦娥冢。

微醺迷乱庄生梦，午夜无人懂。
念万里烟波，巧渡轻舟，执手桃花送。

如梦令·酒　　◇

人道红肥青瘦，寒近青梅温酒。
多少古今愁，醉卧静听更漏。
厮守，知否，总梦断黄昏后。

行香子·夏 ◇

夏日荷花，穷碧连天。
红楼梦，寸断肝肠。
翩翩衣袂，嗜血残阳。
怎敌风急，是憔悴，恨无边。

歌平舞落，梦满潇湘。
琵琶面，曲断人殇。
花开两岸，红染千山。
待月明夜，杯中酒，莫凭栏。

◉ 陈洪绶（明代）/ 一名胥岸 / 花石草虫图

◉ 陈洪绶（明代）／一名胥岸／花石草虫图

鹊桥仙·雨夜　　◇

作者 水汉

阶前微雨，夜阑冷落，烛尽无人独寐。
起身温酒忆峥嵘，饮盟誓，幽幽清泪。

挥毫落纸，春秋几度？儿女情长何意？
铭心刻骨又年年，不苟且，悠悠雨季。

卜算子·光阴冷　　◇

别后雨幽幽，风卷珠帘梦。
人去楼空旧象生，湿枕伊人病。

凝望草萋萋，水没汀洲弄。
生死茫茫两不猜，来路光阴冷。

破阵子·深夜　◇

踏浪乘风万里，江山如画千红。
红落春泥江水暖，岸芷汀兰草木深。
乱了织梦人。

怎念他乡音信，奈何雁过无痕，
风劲雨疏秋瑟瑟，灯没烟消又漏更。
原来是旧城。

破阵子·他乡旧梦　◇

梦入深秋难醒，灯昏半夜微凉。
风瑟瑟珠帘冷落，残月无声照旧墙，恨青丝覆霜。

年月总欺人甚，生来一直他乡。
一缕光阴经指缝，举酒消愁短又长，熟了是梓桑。

◉ 陈继儒（明代）／眉公

　　◉　陈继儒（明代）／眉公

小重山·念父亲　◇

夜雨潇潇瓦片青，冷冬和烛暗，到三更。
纱窗半拢透幽庭，芭蕉曳，犹旧韵，几人听？

过客远乡行，僧庐听雨后，断长亭。
几经风雨任平生，无悲切，皆过往，路通明。

蝶恋花·夜梦 ◇

夜梦春心秋雨渡。
落叶萧萧，错把行人误。
水远山寒辞旧鼓，红颜凝定红楼处。

袅袅炊烟垂夜幕。
芳草萋萋，携手归家路。
举案齐眉仙伴侣，依偎入梦思如故。

鹊桥仙 ◇

稀星明月，山寒秋紧，衣袂翩翩自舞。
折须桥柳雨酥酥，石板路、幽幽老树。

扁舟一叶，清茶两盏，独览一方江渚。
方遒挥斥点江山，美人计、终归尘土。

● 陈继儒（明代）/眉公

陈继儒（明代）/眉公

一剪梅·无题　◇

十里长亭半里花。
萧瑟秋风，琴染流霞。
月明初照旧城墙，物是人非，梦远天涯。

梳洗依窗微抿茶。
眼过烟云，镜咬芳华。
悠悠草木漫山头，多少相思，都付琵琶。

小重山·早梦　◇

秋叶黄了秋意浓。
依窗飘细雨，梦重重，
如烟往事太匆匆。
相思意，隐现似星辰。

石子路葱葱，
隔江春草绿，影无踪。
望穿秋水又归鸿，
多少恨，都付水云中。

◉ 陈继儒（明代）／眉公

◉ 杜大成（明代）/ 三山狂生 / 花蝶草虫十开

鹊桥仙·偶对　◇

风和日丽，秋深叶冷，徒步山前临暮。
马龙车水顿幽幽，数年月、归鸿几度？

会当绝顶，星移斗转，梦问杜康何处。
悲欢离聚最平常，莫轻叹、韶华烟雾。

武陵春·冬日　◇

风入香裘催梦尽，夜冷酒生香。
四顾青灯竹卷凉，往事漫无疆。

人过中年惆又怅，冷落伴彷徨。
故友辞离最暗伤，耐不住水茫茫。

相见欢·闺怨　◇

帘外细雨嗖嗖，上高楼。
望断天涯芳草，空悲愁。

念往事，秋千处，共白头。
今夜独剪红烛，泪凝眸。

蝶恋花·雨　◇

风紧雨疏无睡意。
辗转秋冬，冷落连天际。
万里关山思故里，锦书望断空悲泣。

念去去流年几许？
晓梦无声，惊怕琵琶雨。
萧瑟琴音无觅处，多情谁忆潇湘女？

◉ 杜大成（明代）／三山狂生／花蝶草虫十开

◉ 杜大成（明代）／三山狂生／花蝶草虫十开

满江红·酬壮志　◇

落日长空，狼烟起、江山如画。
如梦醒、举杯长饮，雨纷纷下。
望咄咄雄鹰展翅，金戈铁马谁曾怕？
悲白发，叹岁月匆匆，争天下。

西风紧，秋雨飒，
庭院寂，蹉牵挂。
醉窥繁华路，纵生华发。
相守相厮当日誓，黄花消瘦春冬换，
凌云志、浊酒卧天涯，肝肠剐。

行香子·忆　　◇

一夜西风，卷落珠门
懒慵起，水浅情深。
残红冷落，不见归人。
雨轻轻飘，愁肠断，泪儿奔。

夕阳初褪，多少绯云？
断桥上，执手红尘。
良辰美景，恨又黄昏。
四起狼烟，男儿志，女儿真。

◉ 杜大成（明代）/ 三山狂生 / 花蝶草虫十开

● 杜大成（明代）／三山狂生／花蝶草虫十开

少年游·人生　　◇

闲来领略古人词，往事惹人倾。
寒山古寺，钟声明月，流水寄功名。

僧庐细雨天天落，睁眼伴天明。
年少轻狂，深秋冷落，成败几人清？

相见欢　　◇

清风冷月无声，念佳人。
难忘凝眸含笑意浓浓。

红楼梦，雾霜重，倚柴门。
荏苒光阴唯恨太匆匆。

行香子·梦语　◇

一夜沉香，雨过天凉。
梦无声，不顾潇湘。
渔舟唱晚，轻诉衷肠。
月晓风清，水轻淌，醉时光。

梦酣初醒，已是残阳。
门微倚，亦念他乡。
草萋望断，几度彷徨？
叹光阴逝，相思远，誓盟长。

叶圣谟（明代）／易庵／花卉十开

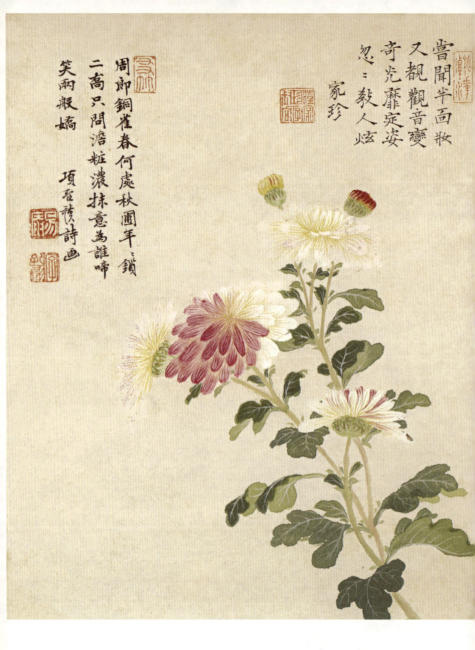

嘗聞半面妝
又覩觀音變
奇兊靡定姿
忽二教人炫
家珍

周郎銅雀春何處秋圃年鎖
二喬只問澹粧濃抹意為誰啼
笑兩般嬌　　項聖謨詩畫

◉ 项圣谟（明代）／易庵／花卉十开

蝶恋花　◇

风过叶凋秋几许？
撩动窗纱，隐现琵琶雨。
日日思君君不见，烛心剪尽潇湘处。

梦醒觉凉身在旅，
慵起凝眸，犹见来时路。
绿水青山江上渚，青丝白发相思语。

蝶恋花·男儿志 ◇

花落秋辞冬凛冽，
多少踌躇，梦断门前雪。
酒绿灯红飞鸟绝，醉微又是思乡节。

犹记离家慈母咽。
细雨纷飞，不敢提离别。
胸有凌云和壮志，河山万里英雄血。

忆江南·别离 ◇

西风瑟，
吹散梦相思。
遥忆江南风景好，
莲开萧袋赋闲词。
无奈是分离。

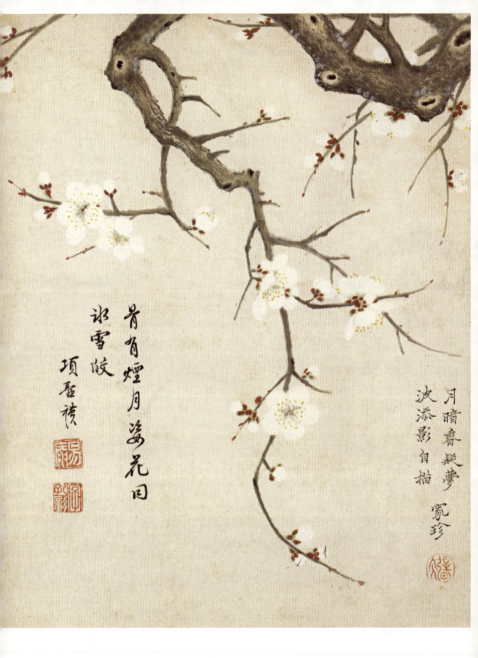

背倚烟月潋花阴
咏雪庵 项香裯

月暗春㡯梦
波添影自描 家珍

◉ 项圣谟（明代）／易庵／花卉十开

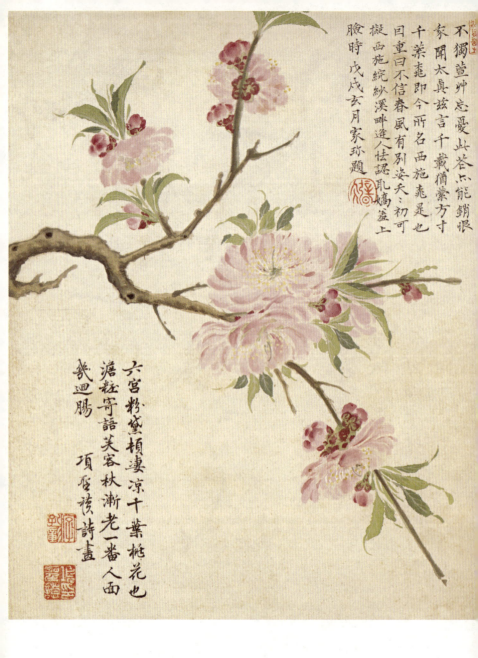

◉ 项圣谟（明代）/ 易庵 / 花卉十开

长相思·调皮　　◇

你相思，我相思
日日相思互不知，泼茶各赋词。

笑你痴，笑我痴。
云自飘飘风自吹，笑晗垂柳枝。

小重山·秋雨　　◇

雨落花凋秋意浓，
栏杆拍数遍，太匆匆。
年年岁岁望门空，
红楼梦，又见泪儿穷。

风欲卷苍穹，
小桥流水远，念归鸿。
琴音似破旧城宫，
谁在等？隔岸木鱼终。

长相思 ◇

风未休，雨未休。
凉夜轻思古渡头，落红望断眸。

湘水流，泗水流
几度春秋几度愁，又逢月满楼。

一剪梅 ◇

一剪秋风赠落红。
染遍江河，遥望寒冬。
射雕追日最英雄，夕照平湖，多少殊同？

铁马干戈谈笑中。
沙伴狼烟，心系妍彤。
古来征战几人还？只为家园，又有何恫？

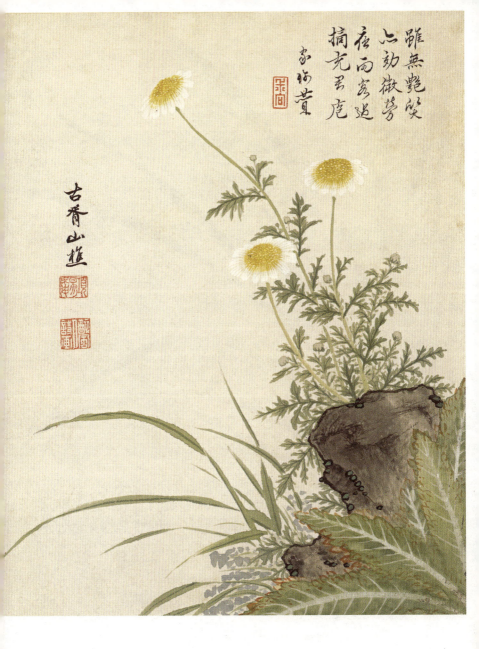

雖無艷姿
心勁微芳
在雨窠逸
摘充君庖
家珍覺

古香山樵

● 项圣谟（明代）／易庵／花卉十开

蘭之生深林以媚幽獨宋作盆中供人三眼異福胡為予萬八杞玩珠不貴三咫生董瑞經管機在目展卷六七苑鮮柔不丞緧神物自道靈頋之如肉馥誰缺近代延茲我為思鼎及蘭鈫陳白賜輿花陸平艸家珎

◉ 项圣谟（明代）／易庵／花卉十开

如梦令　◇

春去秋来微雨，叶落西风残菊。
昨夜梦依稀，执手灞桥人离。
今夕，何夕，烛火泪干几许？

蝶恋花　◇

月落风微寻尺素，
人去楼空，寒翠平江雾。
烛火微微鸦自诉，珠帘空处红颜暮。

庭院深深深几度，
天水茫茫，不见归来路。
来去匆匆莺待哺，一年一度良人负。

◉ 李角（宋代）/ 定国 / 单花鸟十二开